Allemande, blonde, esclave

Impressum

© 2023 Gina Weiß

Druck und Distribution im Auftrag der Autorin:
tredition GmbH, Heinz-Beusen-Stieg 5, 22926
Ahrensburg, Deutschland

introduction

Je m'appelle Gina Weiß. J'écris des livres érotiques depuis un moment. Comme ma série de livres "Baiser des histoires". Mais maintenant, j'aimerais me consacrer à un nouveau projet.

"Allemande, blonde, esclave" - c'est une nouvelle érotique. Il s'agit des trois petites amies Dunja (mon humble moi), Lucy et Eva.

Après avoir obtenu leur diplôme d'études secondaires, les trois jeunes femmes entreprennent un voyage d'aventure. Cela nous mène aussi en Afrique.

Là, cependant, notre voyage inoffensif prend un tournant fatidique.

Cette histoire est écrite à la première personne, avec moi comme protagoniste principal.

Votre Gina Weiß

Allemande, blonde, esclave

Nous étions trois amis très proches. Notre amitié était aussi étroite et profonde que vous pouvez l'imaginer. On se connaît depuis la maternelle. Ils allaient ensemble à l'école primaire et venaient de terminer ensemble leurs examens de fin d'études. Pendant plus d'un an, nous avions déjà convenu que nous serions les premiers à faire un long voyage avec notre sac à dos après avoir obtenu notre diplôme d'études secondaires.

Nous voulions faire beaucoup de randonnées, voir le monde et vivre le moins cher possible. Ce devrait être un long voyage, même vers d'autres continents. Nous avions tous des amis stables et nous étions pardonnés. Mais nous voulions faire ce voyage désirable sans aucun homme. On nous avait prévenus qu'il n'était pas facile et sûr pour les jeunes filles de voyager partout. Il y a encore la traite des êtres humains, surtout dans les pays orientaux, mais aussi en Extrême-Orient. Bien sûr, il se concentre surtout sur les jeunes femmes, qui sont généralement mises aux enchères et placées dans des maisons closes.

Mais on se fichait de ce genre d'histoires. Nous étions jeunes, insouciants et fiers. Malgré ces avertissements, nous n'avons pas été dissuadés. Nous étions majeurs et croyions que rien ne pouvait arriver à un trio comme nous. Nous n'avons donc rien laissé se dire et nous ne nous sommes jamais arrêtés pour le voyage.

Cela a commencé en juin, nous avions prévu d'être sur la route pour au moins 3 ou 4 mois. Nous avions économisé de l'argent et avons aussi obtenu de l'argent de nos parents et amis. Si nous vivions avec parcimonie, elle devrait être assez grande.

Au début, nous sommes allés en Italie, en Sardaigne et en Sicile, la plupart du temps nous faisions de l'autostop et nous nous en sommes sortis sans trop de difficultés. Bien sûr, nous, les jeunes femmes, nous étions excitées, mais comme nous étions trois, rien ne nous est arrivé.

C'était même un peu picotant quand les hommes du Sud nous ont fait de beaux yeux et flirté avec nous ce que ça contenait.

Mais après notre entrée sur le sol africain, les choses ont beaucoup changé. L'un d'eux n' a pas seulement été regardé, mais aussi approché et vraiment harcelé. Nous étions tous les trois avec des cheveux blonds, un véritable accroche-regard exotique pour les hommes là-bas. Nous étions de jolies filles avec des seins prononcés et de bons chiffres. On nous admirait partout. Bien sûr, ils ont aussi essayé de nous toucher, surtout les seins et les fesses. Mais en tant que femmes modernes comme nous, nous savions résister.

Le lendemain, nous lisons une brochure en français. C'était une offre pour un safari à dos de chameau au Sahara qui pouvait être réservé. La durée était de cinq jours. Nuitée dans une oasis si possible. Nous nous sommes mis d'accord rapidement. Que cela pourrait être une grande aventure et surtout parce que c'était bon marché. Nous avons donc réservé ce safari, qui devrait commencer à 6h le lendemain matin.

Cette nuit-là, on a dormi dans une loge. Il n' y avait guère de sommeil et de détente. Le lendemain matin, nous étions ponctuellement à l'endroit qui nous avait été donné. Il y avait un total de 9 touristes un, deux jeunes hommes, Anglais, un couple plus âgé, Allemands et deux Suisses de notre âge. Aussi blonde, non pas svelte mais avec de belles silhouettes. On aurait dit un bon groupe de voyageurs.

En tant que guides, nous avions à notre disposition 3 grands maghrébins musclés, libyens pour être précis, qui nous ont aussi aidés à distribuer les bagages sur les chameaux. Puis ils nous ont montré comment monter en selle avec un chameau.

Le grand voyage commença ponctuellement et le désert devint rapidement très chaud, de sorte que peu à peu chacun des participants se déshabillèrent, mais pas tellement que l'on découvrit des parties de peau plus grandes. Ça aurait pu causer de graves brûlures. Ce fut une véritable expérience de monter à dos de chameau au milieu du désert.

Avec une courte pause à midi, nous étions sur la route jusqu' à environ 18h quand nous sommes arrivés dans une petite oasis. Nous y avons dressé nos tentes, puis il y a eu un simple repas. C'était devenu très frais et nous nous sommes échauffés ensemble devant un feu de camp ardent.

Nous nous sommes couchés tôt et avons passé une nuit tranquille. Le lendemain matin, cependant, les deux Suisses se plaignaient d'avoir été visitées dans la tente par deux leaders nord-africains qui, comme ils l'ont dit, étaient déterminés à les baiser. Ce n'est qu'avec beaucoup de difficulté qu'ils ont pu repousser les hommes hors de leur tente. On pouvait voir qu'ils avaient perdu l'appétit pour le safari. Après tout, ils n'avaient pas d'autre choix que de s' y tenir.

La deuxième journée s'est également déroulée sans incident. Nous avons vu du sable après le sable. Dune autour de Dune. A perte de vue. Il ne se passe pas grand-chose dans le désert. Peu avant l'aube, nous arrivâmes à une autre oasis, un peu plus grande. Il y avait une sorte d'hôtel là-bas, mais nous devions monter les tentes et y rester. J'étais un peu inquiet car je devais dire que l'un d'entre nous, Eva, avait évidemment gardé un **œil sur l'un des** Maghrébins.

Quand je lui ai parlé, elle l' a admis et m' a dit qu'elle avait vu que l'homme avait une grosse bite dans son pantalon. Et elle serait folle de celui-là. Quand je lui ai demandé comment et quand elle voulait essayer la queue, elle a seulement dit qu'Ahmed lui avait dit qu'il avait déjà trouvé un moyen. J'avais peur que cet homme vienne nous rendre visite dans la tente la nuit. Mais j'aimais aussi les hommes exotiques. Mais je ne voulais pas m'impliquer avec eux.

En fait, je me suis réveillé la nuit parce que je sentais une perturbation dans la tente. Quand j'ouvris les yeux, malgré l'obscurité, je vis que trois hommes avaient rampé dans la tente. L'un d'entre eux était déjà avec Eva, les autres voulaient voir Lucy et moi. Lucy et moi ne voulions pas décevoir Eva, qui attendait avec impatience son amant, et nous a donc permis à tous les deux de nous tâtonner, mais rien de plus.

Lorsqu'ils voulaient recourir à la violence, ils semblaient très agités, nous avons frappé et nous avons fait du bruit. Ils nous ont laissés en colère, mais ils ont dit quelque chose en arabe. Nous ne comprenions pas un mot, mais ça ressemblait à une menace. Puis ils ont disparu à l'exception de l'amant d'Eva, qui la baisait alors complètement désinhibé malgré notre présence. Néanmoins, il était de loin le plus agréable des garçons.

Après un long moment, je me suis de nouveau endormi et me suis réveillé un peu pendu le matin. J'ai tout de suite remarqué que l'ambiance était tendue et que les trois Nord-Africains étaient en colère contre nous. Sans un mot gentil, rien d'inhabituel ne se produisit le lendemain, mais nous, les femmes, étions devenues insécurisées. Avec chaque minute que nous passions avec ces hommes, notre insécurité grandissait.

Le quatrième jour du voyage, deux chameliers se sont approchés de notre groupe à midi et ont persuadé nos guides, qui sont devenus très agités. Après une courte pause déjeuner, ils ont demandé instamment de se dépêcher sans plus d'explications. Après environ deux heures, un groupe de coureurs s'est présenté et nous a rapidement approché. Ils nous criaient des choses incompréhensibles, ils brandissaient des armes. Quand un de nos chefs s'est opposé à eux. Il a été brutalement jeté de la selle au sol. Puis les hommes nous séparèrent cinq jeunes femmes des autres participantes et conduisirent nos chameaux dans une direction complètement différente. Nous nous sommes vite rendu compte que nous avions été kidnappés.

Après un trajet très rapide d'environ 3 heures, il commença à se lever, nous atteignîmes une petite oasis qui semblait appartenir à ces hommes. Là, trois femmes et une vingtaine d'autres hommes nous ont accueillis et descendons. Tout semblait très menaçant, et c'était le cas. Un des hommes nous a parlé en anglais et nous a dit qu'ils nous avaient surpris. Pour nous vendre aux enchères au Soudan sur un marché aux esclaves.

Il y a beaucoup d'argent pour les femmes blondes européennes parce qu'elles sont recherchées dans les maisons closes du monde entier. Quand il nous a demandé si nous étions encore vierges, nous avons nié les cinq. Aucun de nous n'était encore vierge. L'homme en prit note. Puis il nous a dit très clairement qu'il aurait été préférable que nous soyons vierges. Les vierges font les plus gros profits sur le marché des esclaves.

Car lui et ses hommes n'auraient plus aucune raison de ne pas nous prendre au sérieux pendant quelques jours. Ensuite, ils pourraient vendre sur le marché des putes aptes à être utilisées immédiatement. J'ai eu un frisson de froid dans la colonne vertébrale. J'avais peur et j'allais avoir une crise de panique. Elle tournait dans ma tête et lentement, elle a commencé à noircir devant mes yeux.

L'un des Suisses a tenté de s'enfuir, même si cela n'était guère possible dans le désert, si l'on voulait rester en vie. Elle fut immédiatement capturée par les hommes. Ils ont arraché les vêtements de la pauvre jeune fille et l'ont battue avec leurs fouets de chameau. Si longtemps et si dur jusqu' à ce qu'elle se ronge par terre.

Comme un baluchon gémissant, elle gisait dans le sable alors qu'un des hommes sortit immédiatement sa grosse bite de son pantalon et la montait sans pitié - sans remarquer ses cris. Il mit la pauvre fille à sa place et l'envahit sans pitié. Devant tous les hommes et femmes présents. Toutes les femmes se taisaient et les hommes criaient d'un ton agité.

Puis on nous a aussi ordonné de nous déshabiller nus. Et quand on était trop lent, on sentait le fouet. L'homme qui parlait anglais nous a fait remarquer que c'était la punition habituelle pour un esclave d'être flagellé. Si nous voulions éviter cela, nous devrions toujours faire ce qu'on nous dit de faire immédiatement.

Mon pouls s'accélérait tout le temps. Mon coeur battait comme le cœur d'un cheval de course au galop. J'avais l'impression que j'allais avoir une crise cardiaque. Maintenant, les hommes baissent leur pantalon ou au moins sortent la queue de leur pantalon. Nous, les femmes, nous devions nous agenouiller. Avec un large sourire, les hommes se plaçaient devant nous. On ne comprenait pas ce qu'ils nous criaient dessus. Mais son rire et son sourire souriant soulignaient qu'il ne s'agissait pas de belles paroles.

Le type devant moi ronronnait quelque chose que je ne comprenais pas. Quand je n'ai pas réagi, il m' a giflé et pointé du doigt la bouche qu'il a ouverte. Bien sûr, je savais dès le début ce qu'il voulait. Je n'ai pas osé résister. Il a mis son puissant phallus nord-africain dans ma noble bouche allemande.

Et rapidement, chacun de nous avait une grosse bite musulmane caramélisée dans la bouche, qu'il fallait faire sauter. La queue que l'on m' a mise dans la bouche était énorme, mais surtout non lavée et puante. J'ai goûté l'arôme acidulé et épicé de cet homme.

Lucy a essayé de se défendre et a été battue avec le fouet à chameau jusqu' à ce qu'elle soit allongée sur le sol, juste pour être labouré par un des gars. Deux d'entre nous cinq jeunes femmes avaient été battues par deux d'entre nous. Mais nous cinq avons été utilisés par ces hommes pendant des heures. Ils ont tous pris possession de nos trous. Nous devions faire ce que nos bourreaux commandaient sans hésiter.

Si on refusait, le fouet nous menaçait. Et nous ne savions pas jusqu'où les hommes étaient prêts à aller. Pendant cinq jours, nous avons été baisés et battus pendant plusieurs heures chaque jour. Et chaque jour, nous sommes devenus plus humbles.

Les deux premiers jours ont été très mauvais. Pas seulement physiquement. Surtout mentalement. Mais le fameux syndrome de Stockholm ne tarde pas à se développer.

Jusqu' à ce que vous vous calmiez avec vos bourreaux. Déjà le cinquième jour, au petit matin, nous nous faufilions vers les hommes qui nous maltraitaient pour nous offrir à eux. Maintenant, cela semblait être suffisant pour eux, nous avons rayé une sorte de robe et la balade s'est terminée vers le sud.

Nous avons voyagé longtemps, nous avons roulé loin, très loin. Ce n'est qu'après six jours de plus, au cours desquels nous avons été profanés plusieurs fois à chaque pause, que nous sommes arrivés dans un petit endroit à midi. Le sperme des gars était collé à nos corps blancs en sueur. Dans cet endroit, comme on nous l' a dit, la vente aux enchères aurait lieu le lendemain.

Nous avons été mis dans une cage avec entre 25 et 30 jeunes femmes, toutes mises aux enchères le lendemain. Au cours de la journée les caravanes avec des femmes sont venues encore et encore. Femmes blanches, femmes noires, métis. Les femmes ont été immédiatement poussées dans notre enclos. Lentement, il y avait environ 39 hommes et tout le monde s'est fait enfermer.

Si un des hommes voulait nous baiser, il vient de le faire. Sans hésiter, malgré le fait que tout le monde pouvait regarder. Même la nuit, il y avait des porteurs et le matin, ils avaient rassemblé près de 70 femmes. 70 femmes qui voulaient les vendre aux enchères comme esclaves. Étonnamment, presque seulement des femmes blanches et surtout des blondes sont arrivées la nuit. Il semblait être un marché bien connu pour les esclaves féminines qui venaient en tant que putes dans les maisons closes du monde entier, mais surtout en Asie et en Afrique.

Nous avons vraiment eu peur, parce qu'en tant que pute qui atterrit dans un bordel asiatique et qui s'y use, nous ne pouvions pas et ne voulions pas imaginer cela. Seul ce que nous avons dû endurer depuis notre capture suffisait.

Mais on ne voyait pas d'issue. Nous n'étions plus des êtres vivants avec des droits. Nous sommes devenus des marchandises sans volonté ni personnalité.

La vente aux enchères des quelque 70 femmes était prévue pour trois jours, parce qu'on nous a dit que les femmes noires ne seraient normalement pas mises aux enchères individuellement, mais en troupes. Ils sont bon marché, deux seraient utilisés pendant trois ans dans un bordel décent. Par la suite, ils ont été vendus comme d'excellentes juments à des bouffées bon marché. Si personne ne voulait plus s'en servir, la plupart d'entre eux seraient éliminés après environ cinq à six ans et ils étaient terminés.

C'est différent pour nous, les putes blanches. Ils duraient plus longtemps et pouvaient être utilisés même s'ils étaient visiblement épuisés. Dans les bons bordels, où il n'est pas nécessaire qu'ils soient constamment utilisés, ils peuvent généralement être utilisés jusqu' à 10 ans et il y avait encore des clients. Les putes blanches étaient donc très en demande, surtout les filles allemandes. J'ai été submergé par une douche glacée. J'étais coincé ici et je ne pouvais pas changer mon destin. Ma petite amie Eva s'était arrangée à tel point qu'elle était prête à s'engager avec les Arabes et les Nord-Africains.

Lucy et moi, d'un autre côté, on tremblait devant notre destin.

A 6 heures du matin, des chauffeurs d'esclaves sont venus chercher les femmes qui devaient venir aux enchères le matin. Il y avait 20 femmes, 15 filles de couleur et 5 blanches. Il les a chassés du stylo et leur a dit de se déshabiller. Après tout, ils devraient se présenter devant leurs nouveaux maîtres d'une manière décente et vivante. Personne ne veut acheter un cochon en poke. Tous sauf un sont venus immédiatement après la commande.

L'un des blancs a reçu deux claques sonnantes au visage, puis elle s'est inclinée devant son destin. Elle se dépêcha de frotter les lambeaux sur la tête. C'était un groupe de très belles femmes, toutes très grandes et jolies. Les femmes blanches étaient blondes ou légèrement brunes. Non loin de la cage se trouvait quelque chose comme un lave-auto. Les femmes y étaient conduites et arrosées d'un tuyau. Ils se sont procurés du savon, ont dû se laver eux-mêmes et ont ensuite été aspergés de nouveau. Quand ils étaient si propres, ils prenaient un petit déjeuner bon marché et un verre d'eau.

Ils ont ensuite été placés dans un petit enclos, juste à côté du podium des enchères. Entre-temps, elle était à moitié neuve. Un plus grand nombre d'hommes s'étaient rassemblés, apparemment les parties intéressées. Et puis ça a commencé. Au début, 5 des femmes noires sont montées sur le podium. Ils ont dû se retourner et se pencher. Ils devaient montrer leurs dents et leur chatte. Puis il a enchéri. Après tout, pour un total de 25 000 dollars, ils sont allés voir un proxénète noir ou un propriétaire de bordel qui était aussi dur avec eux. Il les a emmenés, même quand ils pleuraient et criaient. C'était un monde difficile et nous en faisions partie maintenant.

Puis vint une blonde, une très jolie fille, âgée d'environ 18 ans et si timide, que vous auriez pu penser qu'elle était vierge. La commissaire-priseur a affirmé qu'elle était bien cambriolée et qu'elle ne résistait pas à être utilisée.

Il lui a fallu longtemps avant d'être vendue aux enchères et elle a amassé 35 000 $. Le duel a été encore plus difficile pour les 4 autres femmes blanches. Après tout, il y avait au moins 25 soumissionnaires du monde entier. Vers midi, la dernière blonde s'était également mariée. à un méchant asiatique qui voulait dire qu'elle aurait beaucoup de travail à faire avec lui. Il les fit mettre dans une autre petite cage, parce qu'il voulait en offrir plus.

Mais ensuite, il y a eu une pause déjeuner et nous, les femmes qui restaient, nous avons reçu une soupe mal cuite, un morceau de pain et une tasse d'eau. Lucy, Eva et moi étions de plus en plus nerveux et anxieux. Si nous devions nous mettre entre les mains d'un homme comme ce méchant Asiatique, nous n'aurions pas de quoi rire.

Après que nous ayons mangé, la porte de la cage a été brièvement ouverte et trois hommes sont venus nous chercher les filles restantes pour la vente aux enchères de l'après-midi. Une fois de plus, ils ont conduit un groupe de filles de couleur devant eux et ont repris 5 femmes blanches, parmi elles se trouvait aussi Eva, qui a résisté et qui voulait être vendue aux enchères avec Lucy et moi dans l'espoir qu'un propriétaire de bordel nous achèterait trois femmes blanches ensemble.

Eva était une puissante claque au visage et a été repoussée brutalement hors du but. A l'extérieur, toutes les femmes ont dû lâcher leurs coquilles déchiquetées et monter sur le podium nues. Les 20 filles noires, toutes magnifiquement grandissantes et rasées à la honte, ont été revendues aux enchères par groupes de cinq pièces. Un tel forfait rapportait généralement entre 25 000 et 50 000 dollars américains. Pour ces derniers, cependant, le commissaire-priseur a marqué un peu plus de 60.000 pour leurs corps particulièrement bons et parce qu'il y avait deux vierges parmi eux. Les 5 autres paquets ont rapporté au négrier un total de 106 000 dollars américains.

Les commandements pour les femmes blondes blanches furent de nouveau renversés. Le blanc et la blonde étaient le coureur absolu ici, car il n' y avait rien de tel dans les zones où ils étaient censés être utilisés. Il a traîné en longueur et finalement plus de 217.000 dollars américains se sont réunis pour les 5 blancs. Eva a apporté à elle seule 70 000 dollars, la somme la plus élevée. Il semblait important pour les acheteurs que l'intérieur du vagin soit rose et non brun. Tous ont été vérifiés pour cette couleur.

Pour ce jour-là, la vente aux enchères était terminée, nous les filles avons reçu un morceau de pain, un morceau de fromage de chèvre et de l'eau, prêts. Le lendemain matin, après un petit déjeuner maigre, on nous arrosait à nouveau d'eau, puis on nous triait nus et mouillés. 20 filles de couleur, Lucy et moi ainsi que 2 autres femmes blanches ont été portées sur le podium avec une main dure. Dès que nous nous sommes levés, l'agitation a recommencé.

La vente aux enchères a déjà commencé.

D'une façon ou d'une autre, les filles noires

semblaient être de meilleurs spécimens

aujourd'hui (en fait, j'ai découvert qu'elles

étaient toutes des filles de chefs). Elles ont

également été mises aux enchères par deux et

ont rapporté beaucoup plus d'argent que les

femmes noires la veille.

Lorsque nous sommes allés voir les femmes

blanches, nous avons subi un examen détaillé

et une fois de plus, notre région génitale a été

examinée. J'étais la première femme, ils ont fait

l'éloge de ma silhouette et ont souligné que

j'étais très bien cambriolée, persistante et en

bonne santé. Enfin, le marteau est tombé à

83.000 dollars. Lucy m' a poursuivi. Les commandements commencèrent et - pour faire court - à notre grande joie à tous deux, mon nouveau maître était le plus offrant.

Pour 75 000 $, il a eu mon meilleur ami. Et je dois admettre que j'étais aussi un peu fier que le prix le plus élevé ait été payé pour moi. Je suppose que c'est ce qu'il voulait. Il paya ses esclaves et nous conduisit à un ramassage, où il nous ordonna de monter sur la plate-forme. Il nous a jeté une sorte de robe, s'est assis au volant et nous sommes partis. Oui, pour compenser cela, c'était un grand Arabe, pas très amical mais pas trop dur. Il a roulé avec nous pendant environ 3 heures et demie sur un petit terrain d'aviation, nous a emmenés de la plate-forme

et nous a poussés dans la cabine du seul avion

qui se trouvait là.

Il a donné un signal au pilote et il a commencé

immédiatement. Notre nouveau maître, ou

quoi que ce soit d'autre, nous a ordonné

d'enlever nos vêtements miteux et de rester nus

pour le moment. Puis il nous emmena à l'arrière

de la machine, où il y avait un grand lit sur

lequel il nous jeta. Nous étions sûrs d'être

profanés par lui maintenant. Mais il a disparu et

nous a laissés seuls.

Aussi nus que nous étions, nous nous couchions

sur le lit quand soudainement la porte s'ouvrit et

un homme d'âge mûr entra. Il était

manifestement arabe. Il était aussi nu que nous

et avait une belle grosse bite qui balançait à

moitié raide entre ses jambes de part et

d'autre.

Il savait qu'on ne parlait pas sa langue. Donc il

n' a pas dit un mot. Sans se donner un son de

lui-même, il écarta mes jambes, il me souleva

par le bras. Il s'est tenu entre mes jambes sur le

lit et a mis l'énorme bite musulmane dans ma

bouche. J'ouvris rapidement la bouche pour ne

pas lui donner de raison de me punir. Après

tout, je savais que j'étais sa propriété. Et je

voulais lui faire plaisir.

J'ai mis mes lèvres douces et innocentes autour de son puissant manche. Je l'ai aspiré dans ma bouche avec dévotion. Doucement et passionnément je lui ai sucé la bite. plein de joie, il a profané ma bouche teutonique. L'homme n'était pas très tendre avec moi et mes lèvres affectueuses. Mais j'étais convaincu qu'il n'était pas trop brutal. A part quelques coups dans la gorge, il a été assez indulgent avec moi.

Mais déjà après un temps relativement court, il m' a arraché sa raclée de la bouche. Il voulait voir pourquoi il payait autant d'argent. Il a mis son membre sur mes lèvres roses. J'étais content d'avoir été assez mouillé, pour qu'il puisse pénétrer profondément en moi avec sa forte poussée. Malgré la situation, c'était un sentiment merveilleux et je lui ai montré cela par un gémissement fort.

L'homme que j'ai vu à partir de maintenant comme mon maître m' a baisé fort et sauvage. Mais aussi merveilleux. Sa manière inconditionnelle et intransigeante m' a beaucoup excité. Que je le veuille ou non, sa grosse bite m' a permis de gravir les plus hauts sommets. Sa hanche s'est heurtée si violemment et si rapidement contre mon corps que j'ai rapidement atteint un orgasme. A ce moment-là, il l' a sorti de moi et s'est tourné vers

Lucy. Ça n' a pas pris longtemps et Lucy

gémissait aussi fort.

Après son orgasme, il l' a sorti de nouveau d'elle

et nous avons tous les deux dû le souffler

ensemble jusqu' à ce qu'il gicle son sperme sur

le lit et sur notre corps avec un cri fort. Nous ne

comprenions pas ce qu'il disait. Mais il semblait

heureux avec nous. Au moins pour l'instant.

Ce n'est qu'alors qu'il a commencé à parler en

anglais. Il s'est montré agréablement surpris que

ses nouvelles acquisitions étaient si volontiers et

a dit qu'il se demandait toujours s'il devait nous

mettre dans un de ses nobles bordels ou nous

garder, au moins l'un d'entre nous, comme

poulinière privée. Peut-être qu'il fera aussi les deux et qu'il nous utilisera à bon escient pour que nous puissions réimporter une partie du prix d'achat et alors seulement - si nous sommes encore utilisables - penser à l'élevage.

Il a une idée de la façon d'organiser cela, mais il s'attend aussi à ce que nous soyons disposés, travailleurs et adaptables. Il ne pense pas beaucoup à maltraiter une bonne pute quand elle est prête à lui donner de l'argent. Il a aussi un certain nombre d'amis aisés qui attendent déjà d'examiner et d'essayer ses nouveaux achats.

Seulement trois d'entre eux sont un peu différents, mais ce qu'ils veulent - et bien sûr ils doivent obtenir - n'est pas très douloureux et nous pourrions facilement le mettre de côté. Lucy et moi avions peur, mais nous étions aussi heureux que notre acheteur nous ait bien traités à mi-chemin.

Après cette explication, il nous a ordonné de nous montrer ce que nous pouvions faire et dans les deux heures suivantes, nous avons acclamé notre très puissant Seigneur non seulement à maintes reprises dans le 7ème ciel, mais il n'était pas non plus complètement épuisé mais heureux. Quand nous l'avons finalement laissé partir, il semblait totalement satisfait.

Après un court repos, il nous a dit qu'il n'avait pas encore possédé deux prostituées de ce genre et qu'il était ravi que le prix ne soit pas trop élevé pour lui. Ses amis seraient ravis et le paieraient certainement royal si nous les traitions comme lui. Cependant, il a dit qu'il y avait onze hommes puissants qu'il nous lâcherait - comme d'habitude - en une seule soirée.

Nous lui avons expliqué que nous pouvions y faire face et que nous étions heureux d'appartenir à un si bon seigneur. Le soir même, il nous a donné la pilule, parce que ses amies

baiseraient à peine et il ne pouvait pas nous

laisser tomber enceinte. Il a dit littéralement

qu'il ne nous autoriserait pas à être couverts par

un autre homme, nous étions sa propriété, ses

juments. Il semblait avoir pleinement confiance

en nous, ce à quoi nous avons répondu en

grande partie au début, parce qu'il s'était

endormi près de nous.

Nous étions aussi épuisés mais assez satisfaits de

notre situation, car il nous avait achetés et

personne n'était là pour nous libérer. Nous nous

sommes donc aussi endormis et ne nous

sommes réveillés que lorsque l'avion a atterri. Il

s'avère que nous étions en Irak, où

exactement, nous ne le savions pas. Notre Seigneur aussi se réveilla, sonnant la cloche et un serviteur nous apporta des vêtements qui, dans une certaine mesure, nous convenaient.

Notre nouveau propriétaire a alors dit qu'il pouvait nous attacher - ce qui était souvent nécessaire lorsqu'il ramenait des putes à la maison - pour que nous n'essayions pas de fuir. Mais dans notre cas, il aimerait s'en passer si nous lui promettons que nous n'essaierons pas. Enfin, nous lui avons promis, surtout parce que nous ne savions pas où fuir.

Comme des femmes libres, nous avons pu monter dans ses chariots avec lui. Nous nous sommes vite rendu compte que nous étions à Bagdad. Il est allé en ville en voiture et a dit qu'il devait s'occuper de ses maisons closes. Il nous a même emmenés à l'intérieur. Les trois premières maisons, dans lesquelles, à part deux vieilles chiennes blanches, seules des filles noires et sud-asiatiques étaient visibles, ainsi que des ouvrières locales souillées, étaient terribles. Ils étaient vraiment sales, sentis très fort et si vous aviez peur d'être enfermé là haut, vous pourriez immédiatement prendre une corde.

Notre Seigneur nous a dit qu'il y avait beaucoup d'argent à gagner ici. Deux autres maisons étaient propres, les putes étaient blanches et colorées, pas très jolies, mais bien habillées. A la fin, nous sommes arrivés dans une zone noble et la voiture s'est arrêtée devant une belle villa. C'était un bordel aussi, mais une adresse de première classe. Notre gentleman nous a présenté une vraie dame, très chère vêtue et très distinguée, mais pas arrogante. Il l'appelait Madame Samira.

Il lui a dit que nous étions les deux nouveaux venus, absolument nobles. D'Allemagne et sang aryen pur. Mais pas encore tout à fait. Dans quelques jours, il nous fera travailler. Il s'attend à ce que nous soyons bien traités si nous faisons preuve de diligence et de bonne volonté. Il se punissait lui-même si nécessaire,

Lucy et moi nous regardions et étions très heureux d'avoir le droit de travailler ici, parce que cela semblait être un endroit où nous pouvions vivre.

Au début, cependant, nous avons d'abord été emmenés dans un manoir majestueux, nous avons été poussés dans une pièce et nous avons reçu l'ordre de nous baigner et de nous raser complètement jusqu'aux cheveux de notre tête. Après environ une heure, la porte était déverrouillée. Quand ils ont vu que nous étions encore nus, ils nous ont poussés hors de la pièce et nous ont poussés dans les escaliers. Au milieu d'une grande pièce d'environ 20 à 25 hommes. Ils ont tous fait l'impression d'être issus de milieux riches. Notre Seigneur n' y est venu que brièvement. Il nous a présenté comme ses nouvelles juments de race et a dit aux messieurs qu'ils pouvaient faire tout ce qu'ils voulaient de nous jusqu'au soir. Puis il a disparu aussi.

Ce qui s'est passé alors était inimaginable. Les hommes se sont jetés sur nous comme une meute de loups affamés. Ils nous ont surpris comme des bêtes sauvages, complètement flagrants et infâmes. Ils nous mettent des queues de toutes tailles dans la bouche, la chatte et le cul - surtout dans le cul - et cela pendant des heures. Personne ne s'est soucié de savoir si nous avions fini ou pas, ils nous ont pris à volonté. Après environ 4 heures, il y avait une pause parce que les hommes s'étaient aspergés eux-mêmes.

Mais ensuite, ils ont été remplacés par un plus petit groupe de jeunes, qui nous ont tout de suite écrasés et nous ont baisés pendant des heures dans tous les trous. C'était dégoûtant parce qu'on devait se lécher les fesses. Mais il a fallu aussi s' y habituer et le faire pour ne pas finir dans l'une des bouffées les moins chères.

Totalement endolorie et enflée, nous étions simplement laissés allongés là. Notre Seigneur nous a donné deux jours de repos, puis nous avons été ramassés et mis dans son noble bordel. Nous devions porter des talons hauts, des bas et une petite jupe 24 heures sur 24, sinon nous n'avions rien. Dès que nous étions assis dans la salle d'exposition, d'où les clients pouvaient choisir les putes, nous étions déjà revenus.

Bagdad est une grande ville. Et l'offre de personnes sans solvants ne semblait jamais s'arrêter. Les clients qui nous ont commandés étaient déjà des messieurs plus âgés qui nous ont très bien traités. Le mien a probablement eu quelques difficultés à obtenir sa bite dure, ainsi je l'ai aidé amoureusement et dans quelques minutes j'ai eu une bite

impressionnante et rigide de bâton dans sa
bouche.

Les chiottes ont essayé de m'embrasser, mais je
ne voulais pas que ça m'arrive en tant que
pute. Mon Seigneur nous a interdit de nous
embrasser. Tout le reste était permis et le
prétendant m' a poursuivi. J'avais l'air de
l'aimer, déjà très vite il poussa son phallus très
respectable en moi et commença à me baiser.
On pouvait voir qu'il était un vétéran aguerri et
que j'avais un orgasme, ce qui semblait
vraiment le rendre heureux. Il est resté trois
heures et a pu me grimper à nouveau et
pénétrer pendant près d'une demi-heure.

Quand il est finalement parti, j'ai remarqué que la madame lui parlait et qu'après quelques phrases, elle hochait la tête et il a disparu. Nous avons eu une longue garde, j'avais seul 7 prétendants, tous sauf un très gentils, mais l'un d'entre eux m' a demandé de pisser et m' a tiré avec un fouet doux quelques coups sur mes seins et ma chatte douce. Ce n'était pas mal, ça m'excitait même d'être battu comme ça.

Avec quelques différences, quelques perversités et plus souvent qu'on ne s' y attendait aussi avec des libres très dominants le temps passa. Depuis que le sexe est devenu une nécessité pour moi, j'ai pris tous les jours comme un plaisir, seulement si je dois sucer la bite dans mon cul a été propre, j'ai senti le

dégoût fort. Mais même cela s'est aussi stabilisé

avec le temps.

Me faire baiser dans mon cul fait partie de ma

vie quotidienne. Et le cul avec moi devenait de

plus en plus populaire. Je me suis contenté de

ça. Les relations anales avec moi sont

devenues un vrai tuyau d'initié parmi les

relations sexuelles gratuites. Bref, être pute dans

le noble bordel n'était pas seulement

supportable. J'ai vraiment aimé ça de plus en

plus avec le temps. Mon seigneur, qui regardait

sans cesse les justes, découvrit aussi et me

donna des libertés que les autres putes

n'avaient pas avec lui.

J'avais aussi de l'argent pour faire du shopping et j'étais toujours de retour à la maison à l'heure convenue. Ce n'est qu'une seule fois, quand la charia m' a saisi parce que j'avais prétendument montré trop de peau, que je suis arrivé le lendemain et que j'ai vécu un bouleversement parce qu'ils pensaient que je m'étais enfui. Tout le monde était très heureux et j'ai expliqué à la madame qui m' a avoué qu'elle n'avait jamais cru à une évasion ce qui s'était passé.

La mère du bordel, qui m'avait enfermée un peu dans le cœur de sa pute, m' a raconté un jour après environ une année de mon travail avec elle qu'aucun John ne s'était jamais plaint de moi, au contraire, tout le monde était plein de louanges et j'étais de loin la pute la plus populaire et la plus désirée de toute la maison. Grâce à moi, la maison a pu augmenter ses revenus beaucoup plus que par Lucy. Déjà ma vue au travail est un plaisir pour les hommes musulmans quand je marche à travers la maison vêtue d'un string. Je n'ai jamais été aussi fier de moi.

Je lui ai dit que j'aimerais beaucoup être ici et je me sentais chez moi. Les clients sont sympas et le fait que j'ai été demandé beaucoup plus souvent à chaque quart de travail que tous les autres, même Lucy, qui était aussi très bien employée, est parfait pour moi. D'autant plus que j'apprécierais chaque baise en attendant. Oui, j'aurais appris que même trop de douleur ne fait pas partie du désir et elle peut volontiers se référer à moi comme un pigiste qui aime battre la pute.

À partir de ce moment-là, j'ai été fouetté presque tous les jours et j'étais heureux d'avoir dit cela à Mme Samira. Car il a apporté beaucoup plus à la maison quand la pute a été battue. Il a gagné mon maître plus. Après tout, Lucy et moi étions en possession de notre Seigneur pendant trois ans en tant que putains dans son noble bordel et nous avions complètement acceptés. Nous avions depuis longtemps abandonné et supprimé notre ancienne vie dans la liberté, chez nous en Allemagne. Il nous semblait juste que nous n'étions plus sous le commandement d'un musulman strict et bien fourni.

Puis un jour, mon maître vint à moi et me dit que je gagnerais beaucoup d'argent pour la maison, mais ce serait dommage d'être épuisée comme pute pour longtemps. Il a l'intention de m'utiliser comme poulinière, si j'en ai le droit. Je lui ai répondu que je ne pouvais plus imaginer vivre une vie sans mes services sexuels quotidiens. Tout, les clients, les coups de temps en temps, les différents hommes sont des choses dont j'aurais besoin de toute urgence de nos jours, comme les drogues addictives.

Cela m'honore s'il veut m'utiliser pour l'élevage, mais je lui demanderais de trouver un moyen de continuer à mener une vie comme celle que je mène aujourd'hui. Mon maître a été étonné, mais il a ensuite admis qu'une pute ne pourrait avoir autant de succès et de popularité que si elle réussissait aussi bien dans sa routine quotidienne que moi. Et en tant qu'Allemand, il est de toute façon dans mon sang d'obéir aux ordres et de vivre une vie en servitude sous une forte main musulmane.

Deux jours plus tard, il est revenu me voir et m' a

dit que tu pouvais t'unir. Je me ferais baiser par

les libres seulement avec des préservatifs, donc

un étalon blond fort choisi pourrait me prendre

comme sa jument et me couvrir. Enfin, j'ai

accepté. Je n'aurais jamais osé répondre à

mon maître. Et quelques jours plus tard, quand

j'ovule, il me présente à un chevalier blond

musclé qu'il me lâche. Il avait une magnifique

grosse bite et était un enculé doué.

Quatre jours entiers après l'autre, il me couvrait

plusieurs fois par jour. Pendant ces jours, j'étais

une poulinière pure qui devait être fécondée.

A partir du cinquième jour, j'ai repris mon travail

en tant que pute noble et j'étais sincèrement

heureuse de pouvoir à nouveau faire du shopping en tant que pute.

En fait, mes journées n'ont pas duré, le type m'avait couvert comme il aurait dû. A partir du 6ème mois de ma grossesse, mon maître m' a retiré des affaires quotidiennes. Il y avait des clientes spéciales qui payaient beaucoup d'argent quand elles ont eu une pute enceinte. Jusqu' à 6 semaines avant la naissance de ma petite fille blonde, j'étais autorisée à courir en tant que pute, puis j'ai eu une période de repos pendant laquelle je n'étais autorisée qu' à faire de la fellation. L'accouchement n'était pas trop difficile et après 6 semaines, j'ai recommencé à me prostituer.

Les années passent. J'ai eu six enfants en sept

ans. Des enfants de première classe, car ils

étaient tous en bonne santé et blonds. Bien sûr,

mon corps en souffrait visiblement et il a été

décidé de ne plus me laisser travailler dans

l'ancienne maison Nobel. J'étais libre de ne

m'occuper que des enfants ou d'emménager

dans une maison inférieure.

Mes propres enfants avaient déjà été vendus

par mon maître à de très bons prix, sauf pour

les plus jeunes. Mais il échangeait beaucoup

avec des enfants d'ici (c'est pourquoi il aimait

toujours acheter une blonde et la laisser courir

dans une de ses maisons en fonction de la

qualité). J'ai moi-même décidé pour une maison qui n'était pas si chic et dans les années suivantes - j'ai été couvert 3 fois de plus, j'ai eu plus d'enfants. Mais ils étaient considérés par les souverains comme des enfants inférieurs parce qu'ils n'étaient pas blonds et aux yeux bleus (on m'avait donné à un faux étalon). Cependant, comme elles étaient saines et respectables, elles étaient encore vendues à bon prix.

Comme je le pensais déjà, je suis descendu de plus en plus au fil des ans. J'étais une pute épuisée, je n'étais pas devenue disgracieuse, mais la peinture était délaissée comme on dit. J'ai eu la chance d'avoir un bon gentleman qui a reconnu que j'avais toujours bien travaillé pour lui et que je lui avais gagné beaucoup d'argent. Donc il ne m' a pas laissé tomber comme presque toutes les autres putes inutiles.

Dans une petite pièce et un simple repas, je mangeais ma vie à l'ombre de mon puissant maître. De temps en temps, quand un type venait, qui voulait baiser mais ne pouvait pas payer, ils le poussaient dans ma chambre et j'aimais me laisser grimper dessus.

FSC
www.fsc.org

MIX

Papier | Fördert
gute Waldnutzung

FSC® C083411

Zeitfracht Medien GmbH
Ferdinand-Jühlke-Straße 7
99095 Erfurt, Deutschland
produktsicherheit@kolibri360.de